KB111993

무명 시인의 밤 일기

무명 시인의 밤 일기

발행일 2024년 3월 27일

지은이 박일순
펴낸이 손형국
펴낸곳 (주)북랩
편집인 선일영   편집 김은수, 배진용, 김부경, 김다빈
디자인 이현수, 김민하, 임진형, 안유경   제작 박기성, 구성우, 이창영, 배상진
마케팅 김회란, 박진관
출판등록 2004. 12. 1(제2012-000051호)
주소 서울특별시 금천구 가산디지털 1로 168, 우림라이온스밸리 B동 B113~115호, C동 B101호
홈페이지 www.book.co.kr
전화번호 (02)2026-5777   팩스 (02)3159-9637

ISBN 979-11-7224-043-1 03810 (종이책)   979-11-7224-044-8 05810 (전자책)

(주)북랩 성공출판의 파트너

북랩 홈페이지와 패밀리 사이트에서 다양한 출판 솔루션을 만나 보세요!

홈페이지 book.co.kr • **블로그** blog.naver.com/essaybook • **출판문의** book@book.co.kr

---

작가 연락처 문의 ▸ ask.book.co.kr

작가 연락처는 개인정보이므로 북랩에서 알려드릴 수 없습니다.

박일순 시집 제4집

무명 시인의
밤 일기

북랩

머리글

만물이 소생하는 계절과 함께 역동하고자 소박한
염원을 담아 2019년 '동그라미 세상'에 이어 5년 만
에 출간하는 네 번째 시집 '무명 시인의 밤 일기'가
앞산이 되고 뒷산이 되어 마주 보며 작은 실개천
한줄기 흘러내려 누군가의 삶에 갈증을 조금이라
도 해소시켜 줄 수만 있다면 "이 어찌 나만의 보람
이겠는가" 하는 바람 앞에 괜스레 마음이 설렙니다.

2024년 봄

박일순

차 례

1부

2부

3부

1부

구월이 오면

다들 그렇게
익어 가더라
산들바람 한줄기 불어오는 날에는
다 함께 웃고
비라도 한줄기 퍼붓는 날에는
너도 나도 고향 생각하며
볕이 좋은 날에는
옹기종기 뜰에 나 앉아
구월이 오면
다들 그렇게
울긋불긋 익어 살더라

다들 그렇게
살아가더라
운명이라는 핑계로

봄날의 하루가 즐거운 줄도 잊은 채

주위를 돌아볼 새도 없이 살다

구월이 오면

다들 그렇게

산과 들로 헤매 살더라

그러나 이제 돌아갈 때이다

진정으로 우리가 해야 할 일을 찾아

처음 그곳으로 돌아갈 때가 온 것이다

호수

호수에는…
물 가득
마음 가득
그리움 가득
빈 나룻배 둥지 삼아 오고 가는
철새의 날갯짓에 그려지는
물 위 동그라미
아, 보고픈 님 얼굴만 같아라

산머루

아득한 줄기 끝에

산머루 몇 송아리

밤 하늘에 별이야

손 내밀면 닿기도 하오련만

두 팔을 높이 들어도

닿을 길 없는 곳에

산머루 몇 송아리

미백이 다 하도록

청춘을 홀로 여위였으니

오늘 밤

산머루 넝쿨 아래에서

입술을 내어 밀고

널 기다려 보랴

달

바다 위에 오뚝하니
홀로 있어 아름다운 저 달
파도마저 검게 물든 새벽 바다
업어 건네 주려고
노 저어 가면 갈수록
멀어져 가는 저 달
보면 볼수록 얼굴만 붉어져
이대로 눈감고
하세월…
함께 이고픈 저 달

한탄강

올려다보는 강물에는
하염없는
그리움의 세월이…
내려다보는 강물에는
기약 없는
기다림의 세월이…
앞서가는 강물은
저 만큼서
어서 오라 손 내밀고
내려오는 강물은
저 멀리서
같이 가자 손짓하네

추억여행

기억을 더듬어 보면
가슴 아픈 그곳
봄이면 만다라 꽃 피고
소쩍새 울던 두메산골
뛰놀던 마당에
들국화 만발하여
옛 추억에 가락을 더하니
아, 타는 가슴 설레어라

연잎

아침이슬 연잎에 내려
알알이 맺힌 은구슬
모으고 모아…
소반 위에 가득 차면
잎새에 매단 동아줄을 당겨
아낌없이 내어주고 마는
"대자대비한"
연잎의 고운 저 심성

목련꽃

앙상한 가지에
새하얀 목련꽃
그토록 해맑은 웃음
아침햇살 머금어서인가?
새들의 노래 흥겨워서인가?
암만 그러해도
지는 꽃잎은
가신 님 그리워 떨구는
그대만의 눈물만 같구려

무명 시인의 밤 일기

들꽃

산 허리 움켜 잡고
아침 햇살에 미소 짓는
들꽃을 보면
이럴까 저럴까
망설이지 말고
그냥 예뻐해 주세요
기다려온 세월에 비해
행복은 그리 오래지 않고
가야 할 길에 비해
봄은 그리 길지 않으니

작은별

그대라는 작은별

밝아오는 아침 햇살에 비하면

반딧불보다도 작은 등불이며

드높은 산에 비하면

티끌 같은 존재이런만

먼 바다에서 불어오는

해풍에 익어가는

작은 씨앗임을 알아갈 때

이 생에 그대의 삶은

꽤나 괜찮은 편이리

고백

사랑은 식기 전에 고백하세요.

말 못한 사랑

가슴에서 식어버리면

저 산마루 바위처럼

굳어버릴 테니까요.

그래서 사랑은

값으로는 치는 것이 아니랍니다.

까닭인즉슨

사랑은 세상의 무거운 짐을

다 짊어지고도

힘든 줄을 모르기 때문입니다.

상처

내 가슴에 이토록 상처가 깊은 것은
첫째, 여섯 살 어린 나이에
어머님 생의 마지막 임종을 보았기 때문이요.
둘째, 나의 혜안으로는 알 수 없는 일까지도
사랑하신 어머님의 지혜를 닮기 위함이요.
셋째, 여자의 몸으로 다하지 못한 일을
마저 이루기 위함이리라.

독 속의 달 그림자

주룩주룩…
봄비 내린 들녘에
야생초 무성히 자라나고
추녀 밑,
묵은지 빈 독 속에 빗물이 고여
달 그림자 드리우면
내 어머님,
다녀가신 줄 어찌 알고
금세 또 눈물이
주룩주룩…

공간

나의 방
비워둔 이곳과
나의 마음
비워둔 이곳은
언제든지
보고픈 님 오시면
쉬어갈 곳이라네

섬섬옥수

산산이 부서져
돌섶에 웃음 짓는
은빛 여울물의 지친 걸음
머물고픈 손짓인 듯하여
은구슬 물방울에 입맞춤 하오려니
아! 가슴을 데이듯
저며오는 손끝의 시려움
업장 녹아 알알이
염주되어 감이련가

무명 시인의 밤 일기

초가지붕 단칸방에
오촉 전등불이
먹구름 속을 들락이는 별처럼
깜빡이는 날은
초와 잉크가 다 닳도록
심연의 얕은 샘을
깊게 깊게 파내려가는 날이니
목마른 자들이여 오라!
부처의 깨달음도
십자가의 피도
샘솟는 우물을 마시려거든
누구든지 오라!

솔잎에 우는 바람

낙엽 진 내내
제자리를 맴도는 세월
그리고…
풍로와 같은 세찬 바람
가을을 너무 사랑한 것이
죄가 됐노라
솔잎에 우는 바람이여
아! 어쩌랴!
봄이 오면 그 슬픔 그대로
꽃으로 피어날 것인데

꽃의 전설

그대는,
수만 갈래 뿌리를 뻗어 핀
한 송이 꽃 같은 존재
살아서도…
죽어서도…
잔별은 되지 말자!

묵시

해와 달이 둘이 아님을 알라!
오늘과 내일이 같지 않으나
끝없이 이어진 하루와도 같은 것
그러므로
타인의 삶에 누가 될까
뼈를 깎는 아픔
너와 나의 마음과
지친 영혼까지도
둘이 아닌 까닭임을 알라!

거울

그대 마음은
내 모습을 비춰주는 거울
내 마음 또한
그대 모습을 비춰주는 거울
매일매일 갈고 닦아
서로의 모습을 폼나게 비춰주는
거울이 되어 살자!

부모님 은혜

춘하추동…
눈물은 흙에 묻으시고
사랑만을 주시던 부모님
춘하추동…
한숨은 가슴 한편에 두셨다가
세찬 바람결에 날려 보내고
행복만을 주시던 부모님
피는 꽃같이 오셨다가
지는 꽃같이 가버리신
부모님 은혜
내 작은 열 손가락으로는
헤아릴 길 없네

얼마나 더

얼마나 더 아파야

인생을 알까요

얼마나 더 살아야

그대를 알까요

얼마나 더 울어야

이별을 알까요

끝내는 다 모를 테지만

이것만은 알아요

사랑만이 모든 꿈을 이룰 수 있고

사랑만이 모든 죄를 용서할 수 있는

힘이 되어주고

용기가 되어준다는 것을…

고백

진작 살펴야 했어
너의 작고 연약한 몸짓이
오래 전부터 사랑이었다는 것을
고백하건대
너의 고마움을 알기 전까지
나는 행복이란 것을 알지 못했어

민들레꽃

봄 오는 길목에서
밟히면 밟힐수록
향기를 토해내는 악기인 듯
피어나는 민들레꽃
내미는 나비의 입술
피할 길 없어
쓴웃음 짓는
슬픈 민들레꽃

등대불

매일 새벽
그대가 바다로 향하면
나는 나룻배
그대는 고기 잡는 어부
매일 새벽
그대가 산으로 향하면
나는 선녀
그대는 나무꾼
해 저물어 돌아올 때면
우리 사랑은
등대불처럼 반짝이리

권배

오늘 밤 당신께서 권하는
술 한 잔의 깊은 뜻은
취해 한시름
덜고 가라 하심만은 아니었음
오늘 밤 당신께서 권하는
술 한 잔의 깊은 뜻은
취해 흠뻑
적시고 가라 하심만도 아니었음
오늘 밤 당신께서 권하는
술 한 잔의 깊은 뜻은
술에 술은 취하지 말고
내 사랑에만 취해 가시라고
권하는 한 잔의 술이었음 좋겠네

스케치

가끔 생각하곤 하죠
최초 인간의 사랑과 입맞춤
이별의 쓰디쓴 눈물은
지구 어디쯤에 머물러 있는지를
있다면 어떤 모습일까를
별들이 잠들기 전에
이런저런 모습을 그려 물어봅니다
진화에 진화를 거듭하였음에도
고독의 원인과 고뇌의 끝을
알 수 없기에

금강산

일만 이천 봉 넘어
금강산 가는 길
우리네 인생길 같아
굽이진 비탈길
돌서렁 있기는 매한가지
깃을 펴 날아오르는 새들의 노래는
천하일언이라 제각각이고
구름 걷힌 봉우리를 보며
천하 일필의 글을 짓기도 하나
그것이 옳고 말고는 내 할 탓

킬러

나 어릴 적에 사랑은
립스틱 짙게 바르고
반짝반짝 매니큐어 덧칠하고
미니스커트에 꽃단장하고
님 마중 가던 사랑이
오늘날에 사랑은
하늘나라 천사 되어
세상 고통 사라지게 하는 킬러
립스틱 지워버리고
반짝반짝 매니큐어 지워버리고
찡그린 얼굴 화난 얼굴
미소 짓게 하는 킬러
주위를 돌아봐, 살펴봐
찡그린 얼굴 화난 얼굴 찾아
방방곡곡으로 길 떠나자

미소아

크게 웃는 웃음보다
미소 짓는 얼굴에서
더욱 큰 행복함을 느낀다
큰 소리로 하는 말보다
조근조근 새겨 뱉는 말에서
더욱 깊은 감동을 받는다
거칠게 몰아가는 연애보다
오솔길을 걸으며
바다를 바라보며
한숨 돌려 하는 입맞춤에서
삶의 진실함이
더욱 짙게 운치를 풍겨낸다

2부

약속의 땅

봄이 오면
꽃과 잎새는 흔들린다
불어오는 세찬 바람에
하염없이 흔들린다
여름이 오면
걸음걸이는 더뎌만 간다
익어가는 열매의 무게로
하염없이 더뎌만 간다
가을이 깊어가면
잎새 잃은 가지는
지난 계절의 그리움에
하염없이 흐느껴 운다
하지만…
어느 때 어느 순간이 닥쳐와도
뿌리여 튼튼해져라!

무명 시인의 밤 일기

출발

밤이면 하늘에 별을 보며
가슴깊이 생각에 잠기고 싶어지곤 하나요.
지는 그믐달이 넘치도록
예쁘게 웃음 짓고 싶어지곤 하나요.
바람에 옷깃을 휘날리며
바다가 보이는 곳까지
달려가고 싶어지곤 하나요.
그렇다면
새로운 삶의 시작인 것입니다.
또 다른 운명이
그대 곁으로 다가오고 있음입니다.

영롱한 아침 이슬을 보면

고이 간직하고 싶어지곤 하나요.

들에 홀로 핀 꽃을 보면

꼭 안아주고 싶어지곤 하나요.

홀로 날아가는 기러기를 보면

시인의 노래를 들려주어

위로가 되어주고 싶어지곤 하나요.

그렇다면

새로운 사랑의 시작인 것입니다.

그대 곁으로 누군가가 다가오고 있음입니다.

장미의 고백

당신은 비와 같은 존재
먼 바다에서 습기를 몰고 와
사막 곳곳에 내려
모든 이들이 사랑할 수밖에 없는
비와 같은 존재
돌아오는 계절에는
오직 당신만을 위해 핀
한 송이 장미꽃일 것이로되
그날에 가서 당신께서
나의 고백을 받아주지 않는다면
그 해 나의 오월은
황량하기가 그지없을 것이외다.

그리움

그대를 향한 그리움을
더는 지체할 수 없어
냇가에 가서
흐르는 물길을 막고 보니
물은 고여 그릇에 차오르듯
금세 내 가슴으로도 차오릅니다.
또 다른 방편이 생각나
스쳐가는 바람을 막아서니
내 몸속 숨어들 수 있는 곳이라면
어디든 숨어들어
나를 더욱 슬프게 합니다.
아, 그리움을 너무 오래도록
곁에 두면
죄나 눈물이 되나 봅니다.

섬마을

달을 벗 삼아
길을 나선다
명사 십리길 지나
산이 높고 높아지면
뭉게구름 타고 훨훨 날아
바다 건너 달빛 머무는
섬마을에 가고 싶어라

바램

살다 보면
꼭…
나만의 것이고 싶은 게 있다.
이른 아침
창가에 번져오는
햇살의 따스함과
곱게 물든 단풍나무 아래에서
보고 싶은 사람에게 쓰는
엽서의 주인공같이
살다 보면
꼭…
나만의 것이고 싶은 게 있다.

시의 비

님의 시 머문 곳
고요함은
온 누리를 굽어살피는
천사의 눈인 양
바라보는 사물마다
알알이 박혀
새악시[1] 볼에 번져가는
웃음 같은 꽃을 피워
봄 나비의 춤은 마냥
새벽길을 재촉할 것입니다.

---

1)   새색시의 방언

아젠다 사랑

잊기로 해요.
서산 너머로 지는 노을빛 사랑은
모두 처음 겪는 일이라
아쉬움도 많았지만
그간의 모든 일이 향한 곳은
사랑은 모든 죄를 용서하는
십자가임을 알게 하였으니
이젠 그 사랑의 길을
둘만의 힘으로 걸어가기로 해요.

초대

오세요!
오세요!
생각날 때마다
언제든지 오세요!
한탄강 구석기의 거리로
더러는 오신 김에
하룻밤 묵어가세요!
묵어가시는 길에
좋은 꿈 꾸고
맘껏 가져 가세요!

정오의 캠퍼스

아이 하나와
그림자 하나가
한 몸인 듯 얼싸안고
방랑에 지친 나비인 듯
허기에 고픈 꿀벌인 듯
캠퍼스를 한 바퀴 저어 돌아
시인의 꿈으로 가득한
세상을 향해 달려 나아갈 테니
친구들아!
멈추라는 손짓만은 말아 줘!

아시나요

흙을 일구어 살아야
마땅한 줄은 다 압니다.
뿌리를 깊게 내려야
살 수 있다는 것도 다 압니다.
햇살이 오래 머무는 곳이
좋은 곳인 줄도 다 압니다.
그런 줄 알면서
말없이 사는 줄은
아무도 모릅니다.

오월의 기도

오월의 푸르른 융단 위에
지친 몸 누이니
솔잎에 맺힌 영롱한 이슬방울은
링거의 호수를 타고 스며드는
알부민[2]인 듯
지친 내 혈관 깊숙한 곳으로도
스며들지니
아, 오월의 행복한 나날 속에
궂은 비는 그만 내려다오

---

2) 단백질의 하나. 글로불린과 함께 세포와 체액 속의 단백질 대부분을 이룬다.

소망

오, 신이시여!
큰 것이 아니라서
죄송합니다.
무명적삼 옷고름
눈물로 적시며
장독대에 정한수[3] 올려놓고
일심일명 비옵는 소망
우리 어머님
육신과 육근의 건강 하나인 것
오, 신이시여!
큰 것이 아니라서
죄송하옵니다.

---

3)   정화수. 이른 새벽에 길은 우물물. 조왕에게 가족들의 평안을 빌
      면서 정성을 들이거나 약을 달이는 데 쓴다.

접시저울

늘 그랬다.
조금 더 준 듯하여
네 것과 내 것을
접시저울에 올려놓고 보면
언제나 내 것이 더 많았다.
쿨하게 주었다고 생각되어
네 것과 내 것을
접시저울에 올려놓았을 때에야
접시저울의 눈금이
정중앙에서 딱 멈추어 섰다.

청춘

때론
아침이 되어주고
밤이 되어주고
사랑이 되어주고
슬픔이 되어주고
꿈이 되어 주었던 청춘
끝내
메아리가 되어
다시 돌아와 주지는 않는구나

죄와 벌

세상 일 중에
제일 두려워해야 할 일은
사람으로 태어나
죄를 사랑함이라
그리하여
죄의 노예가 되어
죄의 무덤에 갇혀 사는 것이리라

세상 일 중에
제일 두려워해야 할 일은
사람으로 태어나
하늘의 뜻을 거역함이리라
그리하여
하늘의 뜻을 거역한 채로 살면서
또 다른 생명을 고통스럽게 함이리라

세상 일 중에

제일 두려워해야 할 일은

사람으로 태어나

자기 자신을 모름이리라

그리하여

자기 자신을 모른 채 살면서

누군가의 삶에 상처를 주는 것이리라

아버지의 새벽기도

추운 겨울

등굣길에 우리 아이들

세찬 바람에 볼 시릴세라

호호···

그 예쁜 입술로

가시 돋친 말 할세라

호호···

그 고운 손으로

눈물 닦을세라

호호···

험한 세상

뒤처질세라

호호···

사랑하는 아들 딸들아

오매불망

군불 지피는 아궁이에 입김을 불며 하는

못난 아비의 새벽기도란다

언덕

곤한 잠결에
푸념인 듯하는 말에
돌아보면
꿈속인 그대
이 밤…
당신이 기댈 수 있는
나지막한 언덕이 될 수 있어
행복합니다

진화의 땅

위대한 삶은
은둔의 밤 지새고 날아오르는
굴뚝새의 날갯짓에 깃들어 있고
윗목 포대기에 싸여
봄 오기를 기다리는 씨앗과
언 땅 밑에서 꿈틀대는
애벌레의 심장 뛰는 소리 가득한
이 땅만이
진화의 허물을 벗기에
마땅한 곳이리

얼굴

깊게 파인
주름살 너머로 보이는
그대 모습
마음이야 어떨까 하여
한 뼘 깊이 들여다보니
큰 나무의 줄기를 받쳐 든 뿌리인 양
그 누구도 알지 못할
설움세월이었어라

비밀

내가 세상에서
제일 소중히 여기는
한 송이의 꽃이 있습니다
그러나
그 꽃의 이름을 차마
내 입으로는 말할 수 없습니다

아침에 쓰여진 시

오, 신이시여!
일생에 단 한 번 맞이하는
황홀한 아침의 시간 속에
행동하는 모든 일에서
소중한 시 한 편이 완성되어
어려움이 있을 때마다
이 한 편의 시로부터
무한한 지혜가 샘솟아
나의 삶을 영원토록
빛나게 하여 주소서

밤의 태양

친구여!
캄캄한 이 밤
태양은 어디에 떠 있을까
생각해 보니
가슴 구석구석 간직한
친구와의 지난 일들이
삼십육도 온기로는 부족해
태양처럼 빛나고 있다네

노을 길을 걸으며

노을 길을 걸으며
우리가 나눈 마지막 한마디
넓은 들에 활짝 핀 꽃들아
누가 더 예쁘냐고 묻지는 마
너는 너대로
나는 나대로
세상에 단 한 송이뿐인 꽃일 테니

천하일인

그대는
꽃 중에도 하나
열매 중에도 하나
긴긴 겨울 지나
봄이 오면
새싹 중에도 하나

광야의 봄

만개한 꽃들이
발목을 잡거들랑
잠시 쉬어 가시라!
더러는 쉰 김에 하룻밤 묵어가시라!
묵어가시는 길에
좋은 꿈 꾸고
맘껏 가져 가시라!
이렇게 울적한 날에는

섬마을 봄소식

건너건너 피어난 꽃
바다 건너 섬 마을에도 피었다고
건너건너 들려오는 소문에
봄 한철 세 끼는
꽃만으로도 배부르다기에
단봇짐을 싸고야 말았네

달의 미소

침묵하라!
저 달이 속삭인다
속삭이며 다가오는 미소 속에
생각을 새롭게 하는
진언의 한 소식 있으리니
누가 먼저 깨달아
그 입술에 입맞춤하랴!

사랑의 정의

사랑이란,

삶의 두려움을 막아주는 방패

운명을 두려워하지 않는 자

방패 또한 필요 없으리니

하늘을 나는 천사

모두 이와 같도다

밤의 명상

모양도 맛도 없는
질그릇 같은 생각들
구정물 통에 비우고 나면
아쉬워 다시 꺼내
주거니… 받거니…
긴긴밤 이야기 나누네

3부

동행

휴~ 우~ 하는
아내의 한숨 소리 애달파
어깨 위 짐을 내려
한 겹 들추니
여자의 일생
사막을 걷는 듯 힘들어도
당신과 함께여서 행복했노라
미소 짓는 아내의 얼굴 마주 보니
아! 천의 꽃잎이 모여
한 송이 꽃이 핀 듯
아름다운 그대여!

고독의 결실

만물은 엉킨 듯
한 무더기
존재의 의무를 알기 위한
오랜 방황은
삶 전체를
더욱 고통스럽게 할 뿐이니
너무 멀리 가진 말아야 하리
삶이란 것
알고 보면
마음먹기 나름이더라

벚꽃 축제

눈보라 휘날리듯
꽃잎이 쏟아지는 거리
오시는 길에…
가시는 길에…
말동무 삼으시라고
사뿐히 뿌려지는 꽃잎 속에
동전 인생 만담이 쏟아져
장대비같이
온 거리를 적시네

삶

삶은 축복입니다
장막에 가로막혀
축복임을 알 수 없을 때
잠시 고통스러울 뿐입니다
삶은 기쁨입니다
우리의 마음은 행복으로 가득하나
더욱 많은 것을 위해
잠시 고통의 길을 헤맬 뿐입니다
삶은 사랑입니다
성내는 마음을 내려놓고
자신을 돌아볼 때 솟아나는 힘
그것은 사랑입니다

기억

저기 먼 곳에서
말없이 다가오는
그 무엇이여!
가까워지면 가까워질수록
변함없는 옛사랑이여!

월하의 밤 노래

가을…
깊은 밤
달빛 아래 숨어 우는
귀뚜라미 노래에
장단 맞춰 춤추는
들국화여!
그 향기로 뚫어라!
창이 돼서든
메아리가 돼서든
상처로 얼룩진 귀뚜라미의 날개를 간질여
저 어둠의 벽을 뚫게 하여라!

인생은 외길

달빛 어린 밤거리
숲속 어디선가 들려오는
흐느낌의 저 노랫소리
아, 그러게 인생은 외길
둘이 있어도
한마음 이루어야 행복하니
인생은 외길이라고

꽃샘추위

부탁할게
꽃피고
열매 맺혀 익어갈 때
가끔씩
추운 겨울 날씨처럼
심술 좀 부려줘
내 연약한 줄기를
튼튼히 할 수 있게

고향소식

뽀글뽀글 양지에는
봄의 새싹들이…
대롱대롱 가지에는
묵은 둥지 하나…
꼬물꼬물 살얼음 밑에는
올챙이 떼가…
봄바람 느릿느릿 저리 걸어
장맛 가득한 고향의 봄 소식은
언제 전해 오려나

새벽

밤이슬에 젖어지는
달빛은 아련하고
칠선녀 노닐던 산봉우리
홀로 드높아
천지를 돌아보니
새벽 하늘은 보란 듯이
우주의 중심으로
용의 여의주를 쏘아 올리나니
잠들었던 나의 심장도
다시금 가동되어
스마트한 눈빛 반짝이며
세상의 중심 속으로
달려 나아가리라

웅변하는 새

지친 강물의 흐름과도 같은
기나긴 삶의 여정 길에서
우리의 넋은 호흡을 멈출지라도
탐욕만큼은 값진 유산으로 남아
길이 후손에게 전해지리니
아, 우리 넋의 굶주림은
지구가 파괴되지 않는 한
영원하리라
허나, 다행스러운 것은
어머님의 굳센 의지만큼은
매일 밤 남몰래 키워온 꿈이 있었기에
어머님께서 하시는 모든 일에서만이

새로운 우주가 창조되어

그 뜻이 하늘에 전달될 때

이승의 모든 죄를 잠들일 수 있는

거룩한 갑옷이 마련되리라

황금알

닭이 낳은 황금알로
힘껏 바위를 내리쳤다
산산이 부서지며
사라져 가는 바윗돌
보라!
물보다 힘센 것
바람보다 강한 것
아직 없도다!

팔월이 오면

고뇌 속에서 자라난
수염의 가닥가닥마다
천 길 물속보다도 깊어진
가슴속 구석구석마다
새 희망은 알알이 맺혀
파란 하늘을 우러러보는
얼굴에는
핏줄에 금이 간 듯
지는 노을처럼 붉게 타오르니
어서 올라라!
철창 속 거미줄처럼
촘촘한 음모가 서려있지 않다면
어서 올라라!
오르고 또 오르면
못 오를 리 없나니!

삶과 인내와 열정

그대가 어느 주정뱅이의 말을
처음부터 끝까지 들어주었다면
한 시대의 고뇌를 모두 겪어본 것과도 같은 것이며
그대가 어느 무명 시인의 쓰디쓴 충고를
처음부터 끝까지 들어주었다면
한 시대의 역경과 아픔을 모두 겪어본 것과도 같은
것이며
그대가 이제 막 첫발을 뗀
어린아이의 해맑은 웃음과
그 안에 깃든 소망을 엿볼 수 있다면
이 땅에 자유와 평화는
반드시 이루어지리라는 것

해맞이

눈 덮인 겨울을 이겨낸
일체의 생명은
꽃피울 준비가 되어있죠
치솟는 햇살에
위없는 사랑을 느끼면서 말이죠
때가 왔음입니다
백사장이며 방파제 위에서
밤이 시작될 무렵부터
당신께서 베푸시는
구원의 손길을 잡으려고
그 누구도 잠을 이루지 않았죠
오! 밝아오는 태양!
이 땅 모든 생명의 구원자이시여!

중추절

오솔길에는

흙 내음이 가득

논두렁에는

벼 이삭이 넘실넘실

밭이랑에는

땀방울이 영글어 주렁주렁

마당 한적한 곳에는

대추나무 가지가 휘엉청

차례상 메 짓는 부엌에서는

온 가족이 모여 도란도란

후회

살면서 가장
후회스러운 일
감사합니다
고맙습니다
이 말을 일찍부터 했더라면
보다 행복한 삶을 살았으리란 것

아! 가을

곱게 물든 단풍 아래 서면
슈퍼모델…
허리 굽은 노송 아래 앉으면
신선…
개울 물에 발 담그면
첨벙첨벙 개구쟁이…

재인폭포

소원을 비는
저 돌탑 좀 봐
반도의 짐을 짊어진 듯
저 돌기둥 좀 봐
살아 숨 쉬는 듯한 용암의 조각들은
승천을 앞둔 용의 비늘만 같아
폭포의 물방울마다 맺힌 사연
음계를 이루어
노래 부르고 있잖아

그대에게

그대여 행복하려는가!
그대 자신을 먼저 사랑하라!
얼마나 작은지 가늠조차 할 수 없는
그대 자신을 먼저 사랑하라!
그리하면
열 손가락 마디마디에는
그대가 이루어야 할 꿈이
가득 쥐어지리라!

겨울의 시

낙엽 진 내내
제자리를 맴도는 세월
그리고 세찬 바람
진화의 시기인 이때부터
새봄이 올 때까지
하늘님을 대신한 시인들은
저마다의 설렘으로
다가올 계절의 풍요로움을 지어
맘껏 노래하리라

고백

말해줘…
그대의 미소를 보는 것만으로
행복한 것에 대하여
고백하는 이 마음
사랑인지 아닌지를…

여정의 끝

바다에 이른 강물은
잊으라…
굽이굽이 지나온 길
잊어 살으라…

은행나무

황금 옷을 벗어
발아래 흙을 덮으며
새 길을 여는 은행나무여
그 고운 잎새 즈려밟고
오늘 밤 넌,
어데로 가련
아름다운 금발의 소녀야